AF296275

L. AUTIGEON ET G. DESPIAU

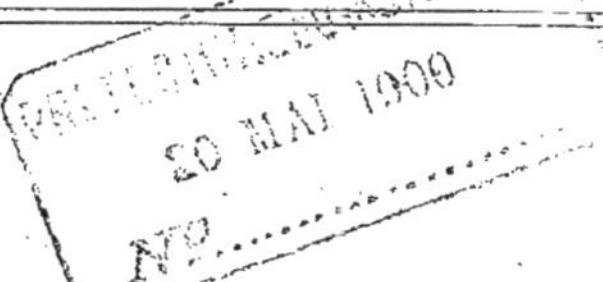

Cascadin et Cie

PIÈCE-BOUFFE EN UN ACTE

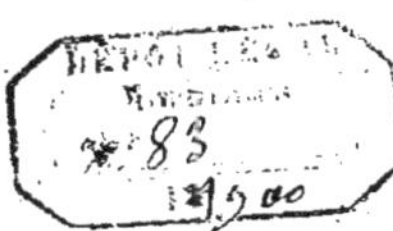

DISTRIBUTION :

6 H.   5 F.

PARIS

C. JOUBERT, Editeur, 25, rue d'Hauteville.

Répertoire de la Société Lyrique.

Anciennes Maisons BRANDUS & JOUBERT réunies

C. JOUBER, Successeur

ÉDITEUR DE MUSIQUE

PARIS: — 25, Rue d'Hauteville, 25. — PARIS

RÉPERTOIRE
DES OUVRAGES DE CONCERT EN UN ACTE

ABRÉVIATIONS : D. Veut dire du répertoire de la Société Dramatique, 8, rue Hippolyte Lebas. — Le surplus appartient au répertoire de la Société Lyrique, 10, rue Chaptal.

LOC. Veut dire : La musique n'est qu'en location et ne se vend pas.

Opérettes et Vaudevilles

AUTEURS	TITRES DES ŒUVRES	Hommes.	Femm	Prix nets
Saint-Maurice.	Abricot (L') d	troupe	»	loc.
De Campisiano.	Absalen	1	3	6 »
Vallès-Garnier.	Affaire Cœurdeveau (L')	5	1	loc.
F. Bernicat.	Agence Rabourdin (L')	1	1	5 »
Japy.	A huitaine	troupe	»	
C. Roland.	Aiguilleur (L') d	1	1	loc.
Bessière-Ruffier.	Ami Vandière (L'). d	7	6	loc.
G. Streel.	Amour en livrée (L')	3	1	5 »
Desormrs.	Amour et l'appétit (L')	1	1	4 »
Vallès-Garnier.	Amour et sauvetage	3	2	loc.
A. Petit.	Amoureux d'Yvonne (Les) d	5	3	loc.
V. Roger.	Amour Quinze-Vingt (L')	3	1	4 »
Dottin, Boulay-Layrice.	Amours d'un piston (Les)	3	2	loc.
Desormes.	Antoine et Cléopâtre d	1	2	4 »
Dorfeuil-Moreau	Après la vie de Bohême d	troupe	»	loc.
J. Emmecé.	A qui le gosse?	troupe	»	loc.
M. Chautagne.	Arracheuse de dents (L')	2	1	4 »
Dourel, Roydel, Bonjardin	Artistes pour rire d	6	4	loc.
Géraldy.	Ascension du Mont-Blanc (L')	1	1	4 »
Oudot de Gorsse	Au Chat qui pelote d	troupe	»	loc.
Banès.	Au Coq huppé	3	2	5 »
Lebreton-Moreau	Au temps des cerises d	5	3	loc.
Guérineau.	Auteur par amour	1	2	5 »
Lebreton-Moreau	Autour d'une guérite d	3	2	loc.
Henry Moreau.	Avant le bal	1	1	3 »
Colonge, Carofalo, Combret	Baba Bouzouck d	5	6	loc.
Deransart.	Baigneur et nageuse	1	1	3 »
Leserre.	Barbe-Bleue	1	»	2 »
Ratée-Tranchant.	Bataillon Desroches (Le) d	10	10	loc.
A. Moyne.	Béguin d	2	1	loc.
Wachs.	Bibi ou l'Enfant de l'Amour	1	1	4 »
Moreau-Touzé.	Belle-mère, nouveau jeu	1	3	loc.
Moreau-Gramet.	Bougnol et Bougnol	4	2	loc.
Villebichot.	Boum ! Servez chaud	3	2	4 »
Hubans.	Breland de bègues	2	1	5 »
D. Bernicat.	Cadets de Gascogne	troupe		loc.
Banès.	Cadiguette (La)	1	1	5 »
Javelot.	Calino amoureux	2	1	3 »
Cellot.	Canne d'un grand homme (La) d	2	2	loc.
V. Herpin. 3	Capricorne (Le)	troupe	»	loc.
F. Barbier.	Carmagnole (La)	3	3	5 »
Lebreton-Moreau	Carnaval conjugal (Le) d	9	9	loc.
Chalaud, Colonge Tranchant	Ce pauvre Bobinet	2	1	loc.
Chelu.	Chambre à louer	1	1	2 »
Cuvillier.	Chambre à part d	4	2	loc.
Henry Moreau.	Chambre de bonne d	troupe	»	loc.
V. Roger.	Chanson des Ecus (La)	3	1	4 »
P. Henrion.	Chanteuse par amour (La) d	»	1	6 »
E. André.	Chaos (Le)	1	1	4 »
Moreau-Boucherat.	Chasse royale d	troupe	»	loc.
Lebreton-Moreau	Chasseurs Alpins (Les) d	6	6	loc.
Cieutat.	Chaste Suzanne (La) d	troupe	»	4 »
Yvel.	Chéri des Dames	troupe		loc.
Dourel-Roydel.	Chez la Costumière d	troupe	»	loc.
Meynard.	Chez le dentiste	3	1	8 »
Lhuillier.	Chez les Corniquets	1	»	1 »
C. Rosenquest.	Chicard et l'Ebo	1	1	4 »
Ponnier.	Chien et Chat d	4	1	5 »

AUTEURS	TITRES DES ŒUVRES	Hommes.	Femm	Prix nets
Boulay-Layrice.	Choc en retour d	2	2	loc.
Moreau-Gramet.	Cinq contre un	3	3	loc.
Villebichot.	Cirque Ponger's (Le)	troupe	»	6 »
Bessière.	Clou (Le) d	2	2	loc.
L. Collin.	Coco Bel-Œil	3	1	6 »
A. Petit	Cocotte et chiffonnier	1	1	5 »
Villemer, Delormel, Péricaud	Colosses de Rhodes (Le)	3	»	4 »
A. Petit.	Confection pour dames	2	4	5 »
Lebreton-Moreau.	Conscrits bretons (Les) d	7	5	loc.
L. Collin.	Conscrit tyrolien (Le)	1	1	3 »
Lebreton-Moreau.	Cote et Cocottes	4	4	3 »
De Roze et d'Arsay	Culotte du marié (scène) (La)	1	»	1 »
Berthelot-Roland.	Daniel dans la fosse aux lions	troupe	»	loc.
Lebreton-Moreau.	Dans cent ans d	2	11	loc.
Sourilas.	Dégrafée d	3	3	5 »
L. Lefèvre.	Dernier verre (Le)	2	1	4 »
F. Barbier.	Deux amours de chandeliers	1	1	5 »
F. Matz.	Deux avares (Les) d	2	1	8 »
Ch. Hubans.	Deux coqs vivaient en paix	2	1	6 »
F. Gracia.	Deux estafiers (Les)	2	»	2 »
M. Chautagne.	Deux muses (Les)	3	»	4 »
F. Barbier.	Deux parfaits notaires (Les)	2	»	4 »
Hervé-Lecocq.	Deux portières pour un cordon d	3	»	4 »
Moreau-Boucherat.	Diable au Moulin	5	8	loc.
Gramet-Talber.	Doigt coupé (Le)	troupe	»	loc.
Saint-Maurice.	Doubles Vierges (Les) d	troupe	»	loc.
Moreau-Gramet	Dragon pour deux	3	2	loc.
Sourilas.	Drapeau jaune (Le) d	3	2	4 »
Dottin, Boulay-Layrice.	Durnflard	5	2	loc.
J. Domerc.	Ecole buissonnière (L')	3	»	3 »
Yver-Septmons.	Eh ! Ohé ! Ladrupette ! d	2	»	loc.
Trebla-Croisier.	Elle ! d	5	1	loc.
Ed. Lhuillier.	Elle débute ce soir	1	1	4 »
Delaruelle.	El senor Piffardino	1	1	6 »
Marsay.	En colonne d	troupe	»	loc.
Lebreton-Moreau.	Enfant des halles (L') d	3	2	loc.
Jallais Hubans.	Enlèvement des Sabines (L')	troupe	»	loc.
Lebreton-Duroc	Enragés d	4	4	loc.
Villebichot.	Entre deux jardins	1	1	4
Lebreton-Duroc	Entresol d'Eugène d	4	6	loc.
Garnier-Vallès.	Erreur de Bridouille (L')	3	2	loc.
Banès.	Escargot (L')	2	3	6 »
A. Pajol.	Esprits d'Argenteuil (Les)	4	3	loc.
D. Dihau.	Eternel roman (L')	1	1	4 »
Garnier-Vallès.	Exploits de Malichard (Les)	5	3	loc.
F. Beauvallet.	Faites le jeu, Messieurs d	3	1	loc.
Moreau-Gramet	Famille Nitouche (La)	3	4	loc.
Lebreton-Moreau	Farces du Printemps (Les) d	7	4	loc.
St-Agnan Cholor	Faut du prestige (vaud.) d	3	2	loc.
Lebreton-Duroc	Faut quo j'casse la g. à Baptiste d	4	3	loc.
Flers.	Femina d	troupe	»	loc.
Ch. Gabet.	Femme de Valentino (La) d	»		loc.
F. Chaudoir.	Fête à Claudine (La)	1	1	4 »
E. Duhem.	Fête à M. le Maire (La)	3	2	4 »
Dorfeuil-Bouvot	Fiancé des Nourrices (Le) d	troupe	1	loc.
Javelot.	Fiancés berrichons (Les)	1	»	3 »

L. AUTIGEON ET G. DESPIAU

Cascadin et Cie

PIÈCE-BOUFFE EN UN ACTE

DISTRIBUTION :

6 H.   5 F.

PARIS

C. JOUBERT. Éditeur. 25, rue d'Hauteville.

Répertoire de la Société Lyrique.

4° Yth 6820

CASCADIN & Cie

PIÈCE-BOUFFE EN UN ACTE

PAR

MM. L. AUTIGEON ET G. DESPIAU

PERSONNAGES

<table>
<tr><td>CASCADIN . . . .</td><td>MISS BETSY WALSON . . . . . .</td></tr>
<tr><td>LALOUETTE . . . .</td><td>SUZANNE . . . .</td></tr>
<tr><td>REVIRON . . . .</td><td>Mme CASCADIN. . . . . . .</td></tr>
<tr><td>LE JEUNE MONSIEUR . . . . .</td><td>ALICE . . . .</td></tr>
<tr><td>UN TÉLÉGRAPHISTE . . . . .</td><td>RENÉE . . . .</td></tr>
<tr><td>DEUX AGENTS . . . .</td><td></td></tr>
</table>

L'action se passe à Orléans, de nos jours.

SCÈNE PREMIÈRE

A Orléans. L'intérieur d'un magasin de bijouterie. A droite, comptoir ; à gauche, la caisse. Tout le fond de la scène est vitré. Au milieu, grande porte donnant sur la rue. A droite et à gauche, des vitrines où sont exposés des objets. Portes à droite et à gauche.

Suzanne, Alice, Renée, un Jeune Monsieur.

(Suzanne est à la caisse. Alice et Renée, demoiselles de magasin. Renée époussette les vitrines ; Alice, derrière le comptoir, fait examiner une bague à un jeune Monsieur des plus corrects.)

ALICE

Monsieur sera très content... *(Avec un sourire)* Ou plutôt Madame!... C'est une très jolie bague!... Monsieur se marie ?...

LE MONSIEUR, *gaiement.*

Oui... de la main gauche !...

ALICE, *soupirant.*

Ah ! on trouve si difficilement à se marier, à présent !

LE MONSIEUR

Orléans n'a jamais porté bonheur aux jeunes filles !

ALICE

Aussi, ai-je envie d'aller à Paris !

LE MONSIEUR

Vous êtes charmante et vous auriez beaucoup de succès... *(Au public)* Au Casino de Paris !

ALICE, *haut, à la caissière.*

Cent soixante francs !

LE MONSIEUR, *au public.*

Elle ne marche pas à l'œil, la petite !

SUZANNE, *avec un gracieux sourire.*

Cent soixante francs, Monsieur !

LE MONSIEUR, *qui était distrait.*

Oh ! pardon, Mademoiselle ! *(Il lui donne un billet de banque. Elle lui rend la monnaie.)*

SUZANNE

Non : Madame !

LE MONSIEUR

J'ignorais !

SUZANNE

Je suis veuve !...

LE MONSIEUR

C'est grand dommage... Vous êtes si jolie !...

SUZANNE

Oh ! monsieur !...

LE MONSIEUR

Il ne doit pas vous manquer d'adorateurs ?...

SUZANNE

D'adorateurs, oui !... mais pas un seul qui... épouse !

LE MONSIEUR, *saluant avec empressement.*

Madame ! *(Très pressé, il prend vivement l'écrin enveloppé que lui tend Alice, et remonte).*

ALICE, *bas et remontant avec lui.*

Oh ! moi, monsieur, je ne suis pas aussi exigeante que madame !...

LE MONSIEUR, *se retournant sur la porte, à Alice.*

Vous êtes dans le train ! Vous arriverez ! *(Il sort précipitamment).*

SCÈNE II

Suzanne, Alice, Renée.

ALICE, *à Renée, en riant.*

Comme il court !

RENÉE

Aussi, pourquoi lui parler de mariage !

ALICE

Mais c'est madame ! Elle ne pense qu'à se marier !...

RENÉE

Elle nous fait perdre tous les clients !... si ça continue nous n'en aurons plus un seul !

ALICE

Moi, je plaque tout ! J'en ai assez ! Je file à Paris !

RENÉE

Ici, nous resterions toujours... d'Orléans !

SUZANNE, *à Alice et Renée.*

Eh bien, mesdemoiselles, rangez-donc ces écrins !... Vous bavardez !... vous bavardez !...

ALICE

Si vous croyez que c'est gai, la vie à Orléans !..

SUZANNE

Mais, moi, mesdemoiselles, j'y reste bien !

ALICE

Vous y restez dans l'espoir d'y trouver un mari ! Mais nous, nous ne sommes pas si difficiles ! Si encore nous avions un amoureux !...

RENÉE

Ou deux !...

SUZANNE

Mesdemoiselles, vous n'y pensez pas ?

ALICE

Y a pas ! Nous ne pensons qu'à ça !

RENÉE

Nous savons bien que nous ne nous marierons jamais, nous !

SUZANNE

Qu'en savez-vous ?

ALICE

Quand on n'a pas de pognon, les jeunes gens ne marchent pas !

RENÉE

La galette ! la galette ! il n'y a que ça !

ALICE ET RENÉE, *ensemble.*

Nous partons pour Paris !

ALICE

Nous avons assez d'Orléans !

SCÈNE III

LES MÊMES, un Télégraphiste.

LE TÉLÉGRAPHISTE, *entrant.*

Madame Suzanne Dusommier ?

SUZANNE

C'est moi, donnez ! *(Le télégraphiste va à la caisse, remet le petit bleu et sort. Suzanne ouvre la dépêche et lit, à part.)* Arriverai ce matin, onze heures. Mille baisers. Ton Cascadin.

ALICE, *en riant.*

Oh ! je t'adore !

RENÉE, *bas à Alice.*

A-t-elle de la chance ! *(Elles rient aux éclats toutes deux.)* SUZANNE, *se levant.*

Vite, remettez tout en place. Le patron arrive de Paris. *(Alice range les écrins. Renée continue à épousseter.)*

ALICE

Voilà plus d'un mois que monsieur Cascadin n'est pas venu à Orléans !

SUZANNE

C'est vrai. Il a cependant l'habitude de venir à jour fixe et je ne puis m'expliquer ce retard. *(Au public).* Il faut que j'en connaisse la raison !

SCÈNE IV

Les Mêmes, **Reviron**.

REVIRON, *entrant*.

Bonjour, madame Suzanne !... Bonjour Mesdemoiselles !

SUZANNE

Bonjour, monsieur Reviron ! (*Elle lui tend la main*). Quelles bonnes nouvelles ?

REVIRON

Aucune, chère Madame. Tous les Orléanais partent à Paris. Si ça continue, nous n'aurons bientôt plus ici que la municipalité et les autorités.

ALICE

La vie est si monotone !...

REVIRON, *étonné*.

Vous nous quittez aussi ?

RENÉE

Oui, nous allons à Paris.

SUZANNE, *à Reviron*.

Ces demoiselles sont folles ?

REVIRON

A Paris ?... quoi faire ?

ALICE

Tiens ! nous amuser, parbleu !

RENÉE

Ici, les jeunes gens n'osent même pas nous faire leur cour !

REVIRON

Et c'est pour ça ?...

ALICE et **RENÉE**, *ensemble, riant*.

Mais oui !

ALICE

Il paraît que les Parisiens sont... rigolos comme tout !

RENÉE

Puis, il y a les vieux marcheurs !... A Orléans, ils ont toujours le trac de se faire pincer par leurs femmes, tandis qu'à Paris... oh ! à Paris !...

REVIRON

Je vois que vous êtes dans de bonnes dispositions !... En ma qualité de premier adjoint au maire, j'espérais célébrer d'un jour à l'autre votre mariage...

ALICE, *riant*.

Nous marier ?... avec qui ?... avec vous ?...

RENÉE

Il n'y a plus de poires, à Orléans !

SUZANNE, *à Reviron*.

Monsieur Cascadin, le patron, vient de me télégraphier son arrivée... J'espère qu'il fera changer d'avis ces demoiselles.

ALICE

Oh ! il ne faut pas y compter, madame ; notre résolution est bien prise.

RENÉE

Nous partons !

SCÈNE V

Les Mêmes, **Cascadin**.

CASCADIN, *arrivant au fond*.

Qui parle de partir, quand j'arrive ?

REVIRON

Tiens, Cascadin !

TOUS

Le patron ! (*Les deux demoiselles passent derrière le comptoir et s'occupent*).

CASCADIN

Ce cher Reviron !... Comment va ?... (*Il lui serre la main, saluant Suzanne*) Et vous, chère madame ?...

SUZANNE, *sèchement*.

Très bien, très bien !... Voilà plus d'un mois que nous n'avions eu le plaisir de vous voir !

REVIRON

Moi, il n'y a pas aussi longtemps !... J'avais oublié de vous dire que j'étais allé passer quarante huit heures à Paris la semaine dernière... Et j'ai vu ce cher Cascadin !

SUZANNE

Ah ! vraiment ?...

REVIRON

Il a même, à Paris, une très jolie caissière... une parisienne... oh ! une affriolante petite parisienne !...

SUZANNE, *lançant un regard furibond à Cascadin*.

Monsieur Cascadin ne m'avait jamais dit cela !...

CASCADIN, *bas à Reviron.*

Tais-toi donc, animal ! *(Haut)* Oui, c'est une ancienne... *(Se reprenant)* une nouvelle caissière que j'ai prise il y a quinze jours.

SUZANNE

Jeune et jolie !

CASCADIN

Il faut ça... pour la clientèle ! D'ailleurs, j'ai toujours la main heureuse ! Vous-même, chère madame, contribuez beaucoup au succès de la maison Cascadin et Cie, et je vous en félicite !

SUZANNE

Trop aimable ! *(Au public)* Ah ! monsieur Cascadin, je vais vous surveiller ! *(Haut et prenant la valise de Cascadin).* Je vais faire préparer votre chambre... *(A part)* visiter ses bagages et voir s'il n'aurait pas oublié une lettre ou une photographie de femme ! *(Haut)* Venez m'aider, mesdemoiselles, à mettre de l'ordre dans la chambre de monsieur Cascadin !

CASCADIN, *accompagnant Suzanne.*

C'est ça, chère amie !... Je vous attends ici !

SUZANNE, *sur la porte, au public.*

Ah ! Monsieur Cascadin, si vous ne m'épousez pas !... *(Elle sort à gauche).*

SCÈNE VI

Cascadin, Reviron.

CASCADIN

Tu feras donc des gaffes toute ta vie ?

REVIRON

Comment, des gaffes ?

CASCADIN

Mais certainement ! à Paris, tu n'as fait que gaffes sur gaffes ! Ainsi la caissière m'a raconté que tu lui avais dit que je ne m'embêtais pas en voyage à Orléans, avec madame Suzanne ! Tu comprends, tu m'as attiré des ennuis !

REVIRON

Quelle est bête de t'avoir raconté cela ! *(Insinuant)* Elle est donc jalouse ?...

CASCADIN

Jalouse ?... *(Prenant une pose)* Regarde-moi donc ! Mais elles sont plus jalouses les unes que les autres !

REVIRON

Les unes que les autres ?... Que veux-tu dire ?...

CASCADIN, *s'apercevant de sa gaffe.*

Oh !... Au fait, il vaut peut-être mieux que je te mette au courant. Tu es un vieux camarade... un excellent camarade...

REVIRON, *faisant la mine.*

Oui... un vieil ami !...

CASCADIN

Un ami sincère... et dévoué... à l'occasion !... *(Confidentiellement)* Tu sais que je suis marié... mais jusqu'à présent, j'avais négligé de te dire que je possédais, en province, trois succursales... à Orléans, à Toulouse, et à Bordeaux... Sans compter le siège social à Paris.

REVIRON *sans comprendre.*

J'en suis ravi pour toi ! Ça prouve que les affaires vont bien !... et que tu as de l'estomac !...

CASCADIN

Oui, ça roule... ça roule !... Dans chacune de ces succursales, j'ai placé à la tête une caissière-gérante. Or inutile d'ajouter que j'ai toujours choisi de très jolies femmes.. Ça flatte l'œil !...

REVIRON

Le tien, en particulier !... Farceur, va !...

CASCADIN

Hé ! mon ami ! qu'est-ce que tu veux ? En voyage, il faut bien se distraire un peu !... De cette façon, je fais dans chaque ville, un séjour très agréable !...

REVIRON

Pour une riche idée, voilà une riche idée !... Il n'y avait qu'un Parisien pour trouver ça !

CASCADIN

Je suis le premier Cascadin de France ! Trois femmes en province et ma femme légitime à Paris ! Et note bien que je passe sous silence les bonnes occasions... car je n'en laisse perdre aucune !

REVIRON

Quel tempérament !

CASCADIN

Volcanique !... Mon commerce est florissant, ma santé excellente...

REVIRON

Je te crois !

CASCADIN

Je m'amuse, je m'amuse ferme !

REVIRON

Tu as donc toujours vingt ans ?

CASCADIN, *ôtant son chapeau.*

Vingt ans ! encore quelques dents, mais plus un cheveu ! *(Il montre un crâne ridicule)*

REVIRON

Quelle crânerie ! mon empereur !

CASCADIN

Mais ça ne m'empêche pas d'être gobé par toutes les petites femmes qui voient en moi l'homme idéal ! Ainsi, tiens, pas plus tard que ce matin, à Paris, à la gare d'Orléans, j'entre au buffet, je m'assieds et je demande un chocolat. En face de moi se trouvait une dame très élégante que j'ai aussitôt fascinée !... Après l'avoir regardée quelques secondes, elle s'est mise à lever la jambe avec ce geste *(Levant sa jambe gauche)* Hop !... hop !... hop !... *(Il fait ce jeu trois fois.)*

REVIRON, *épaté.*

Oh ! c'est très curieux !

CASCADIN

Allumé par son joyeux froufrou, je flambe ! Je m'approche d'elle et je lui offre un bijou ! Elle l'accepte, non sans hésitation, mais j'ai un chic tellement irrésistible ! .. Jamais aucune femme n'a rien pu me refuser ! Je lui vole un baiser ! Au même instant, son mari entre et nous surprend ! Il veut s'élancer sur moi ! En deux bonds, je saute dans un compartiment, le mari veut se précipiter et ouvrir ma portière, mais déjà le train est en marche, et les employés s'emparent de cet énergumène qui crie et gesticule ! J'étais sauvé ! J'étais sauvé !

REVIRON

Tu peux te vanter d'avoir de la chance !

CASCADIN

Ainsi, c'est bien compris, n'excite plus la jalousie de mes caissières ! Je t'en prie, ne trouble pas mon bonheur ! ·

REVIRON

Oh ! à présent que je suis prévenu, il n'y a plus de danger ! Tu peux tranquillement continuer tes voyages... les voyages Cascadin ! Seulement tu aurais dû me dire ça plus tôt.

SCÈNE VII

Les Mêmes, Suzanne.

SUZANNE, *revenant.*

Tout est prêt, monsieur Cascadin ! Monsieur Reviron est encore là ?

REVIRON

Oui... nous bavardons... nous bavardons... et le temps passe... *(Il regarde sa montre.)* Onze heures cinq, déjà ? Je vais au café de la Préfecture. Je me sauve !... *(A Cascadin.)* Je t'attends dans quelques minutes !

CASCADIN

C'est ça, c'est ça !

REVIRON

Au revoir ! *(Saluant.)* Madame Suzanne !... *(Il remonte pour sortir.)* Ah ! j'oubliais ! Madame la mairesse vous prie de bien vouloir lui soumettre vous-même, avant midi, les bijoux qu'elle vous a demandés. Il y a, ce soir, grande réception chez elle.

SUZANNE

Merci, monsieur Reviron, je vais y aller tout de suite.

REVIRON, *avec un sourire.*

Cascadin, je t'attends au café ! *(Suzanne remonte. Reviron sort par le fond).*

SCÈNE VIII

Cascadin, Suzanne.

SUZANNE, *redescendant, très tendre, à Cascadin.*

Oh ! Agamemnon !

CASCADIN, *lui tendant les mains.*

Non !... appelle-moi Ernest tout court. Suzanne ! *(Il la prend par la taille et l'embrasse).*

SUZANNE

Voilà huit jours que j'étais sans nouvelles de toi... c'est mal !

CASCADIN

Des affaires urgentes sont seules la cause de mon silence.

SUZANNE

Je ne demande qu'à te croire, Agamemnon !... Non, Ernest, tu sais bien que ta petite Suzu, que ta petite Suzanne t'adore !...

CASCADIN

Mais Cascadin t'aime toujours... O ma Suzu... O ma Suzanne !...

SUZANNE

Bien sûr ?... je n'ai pas été remplacée dans ton cœur par la petite caissière de Paris ?...

CASCADIN

Mais non, mais non !... C'est cet imbécile de Reviron qui t'a monté la tête. C'est un idiot, il voit des intrigues partout, lui !

SUZANNE

Tu me rassures, et je suis heureuse... car bientôt, je l'espère, comme tu me l'as promis, tu vas régulariser notre situation !

CASCADIN

Certainement... certainement !...

SUZANNE, très caline,

Et je serai ta petite femme, ta vraie femme... O mon chéri, je te rendrai la vie si douce... tu seras très heureux !...

CASCADIN, s'oubliant.

Mais, je suis très heureux comme ça !

SUZANNE

Non, il faut se cacher pour se voir... et puis, à la longue, ça ferait jaser... D'ailleurs, une fois mariés, je compte bien que tu me prendras à Paris.

CASCADIN

A Paris ?... oui ! oui ! oui !... En attendant, quand je viens à Orléans, tout est pour le mieux. On sait que j'ai une chambre réservée au premier dans la maison, on ne trouve donc rien d'étonnant à ce que je couche ici.

SUZANNE

C'est vrai, mais avec ça, tu ne me dis pas quand tu comptes régulariser notre situation ?

CASCADIN

Mais... dans deux ou trois ans... (Se reprenant vivement) Dans deux ou trois mois !...

SUZANNE

Pourquoi attendre si longtemps ?... (Pleurant) Tu ne m'aimes plus, peut-être !...

CASCADIN

Au contraire, au contraire, je ne t'en estime que davantage !... Ne pleure plus !... tu sais bien que je n'aime pas la pluie en voyage !...

SUZANNE

Le jour où j'ai dit à un homme que je l'aime, comme à toi, que je lui ai donné tout mon être... vivre sans lui m'est impossible ! J'aimerais mieux mourir avec lui !... Ah ! Cascadin, Cascadin, comment veux-tu que l'on puisse te résister ?

CASCADIN, au public.

Elle est trop collante, je vais être obligé de la balancer !... (Haut) Certes, ma chérie, je compte régulariser notre situation... mais donne-m'en le temps... on ne se marie pas comme ça en quarante-huit heures !

SUZANNE, étonnée.

Comment, en quarante huit heures ?. . Depuis plus d'un an, tu me dis toujours la même chose... et tu ne m'épouses jamais !

CASCADIN

Mais si, mais si, tranquillise-toi... je t'épouserai.

SUZANNE

Agamemnon, tu es cruel !... quand une femme aime comme je t'aime... elle est bien malheureuse !...

CASCADIN

Tu exagères !... tu exagères !... Tu n'es pas malheureuse... tu as tout ce qu'il te faut ici !

SUZANNE

Sauf un mari, un petit mari chéri ! à moi toute seule !

CASCADIN

Tu l'auras bientôt... bientôt !... (Changeant de conversation) Dis-donc, personne ne te fais la cour ?

SUZANNE

Oh ! à Orléans, c'est très rare !... puis je ne pense qu'à toi... toujours à toi !

CASCADIN, au public.

Décidément, elle m'aime trop ! (Haut) Ah ! je vais rejoindre l'ami Reviron... il doit m'attendre, je reviendrai à l'heure du déjeuner...

SUZANNE, se cramponnant à lui.

Tu me quittes déjà ! ..

CASCADIN, riant.

Mais non ! Voyons... je reviendrai dans une demi-heure ! (Il l'embrasse) A tantôt !

SUZANNE, remontant avec lui

Tu sais, j'ai fait venir tous les papiers nécessaires pour notre mariage... je te les montrerai pendant le déjeuner.

CASCADIN

C'est ça, c'est ça !... à tout à l'heure, ma chérie, à tout à l'heure ! (Au public) En voilà une succursale que je vais liquider !... (Il sort vivement).

SCÈNE IX

Suzanne, *puis* Alice.

SUZANNE, *seule.*

Cascadin se jouerait-il de moi ?... Aurait il une autre liaison ? Oh ! je le saurai bientôt !

ALICE, *revenant.*

Madame... tout est en ordre dans la chambre de monsieur Cascadin !

SUZANNE, *elle remonte, et prend son chapeau qu'elle met.*

Bien. Je vais chez madame la mairesse... lui montrer quelques bijoux qu'elle a demandés... Dites à la cuisinière que monsieur Cascadin est arrivé. (*Elle prend divers écrins.*) D'ailleurs, je ne serai pas longtemps absente. (*Au public*) Ah ! Cascadin, tu n'auras pas fait cascader ma vertu impunément ! (*Elle sort par le fond*).

ALICE, *au public.*

Est-elle nerveuse, ce matin, madame Suzanne !... Il y aura du tirage avant qu'elle se fasse épouser ! Monsieur Cascadin n'a pas l'air de marcher !...

SCÈNE X

Lalouette, Betsy, Alice.

(*On voit passer au fond, dans la rue, Lalouette et Betsy*).

LALOUETTE, *à Betsy.*

Une bijouterie !... Entrons ! (*Saluant Alice*) Mademoiselle... pourrions-nous voir le bijoutier ?

ALICE

Monsieur est absent ! .. Madame la gérante aussi... mais je suis très au courant. . et je puis vous montrer tout ce que vous désirerez !

LALOUETTE

Non, nous tenons à voir le bijoutier lui-même ! (*Devenant plus nerveux*) Une affaire toute personnelle et très urgente !...

ALICE

Alors, c'est différent... si vous voulez attendre. monsieur Cascadin doit rentrer pour le déjeuner.

LALOUETTE, *au public.*

Monsieur Cascadin ? drôle de nom !.. Je crois que je tiens le Monsieur éhonté du buffet et qui s'est permis d'embrasser ma femme ! Oh ! le drôle !... le lâche !... le polisson !...

ALICE, *offrant des chaises.*

Si Monsieur et Madame veulent se donner la peine de s'asseoir !..

LALOUETTE

Merci, bien aimable... Madame Lalouette en profitera très volontiers !... elle supporte difficilement les voyages... (*A Betsy*) Assieds-toi, Bijotte! (*Betsy s'assied*). (*A la demoiselle*) Excusezmoi, si je ne me suis pas encore présenté, mademoiselle : Madame et monsieur Lalouette, ancien écuyer et directeur d'un cirque qui a brûlé. Cet incendie fit notre fortune et, à présent, nous vivons de nos rentes... mais, de temps en temps, nous paraissons en public... et précisément, nous arrivions à Paris, où nous devions débuter ce soir !

BETSY, *qui s'est assoupie, se met à lever la jambe gauche et fait un mouvement brusque.*

Hop !... hop !... hop !...

ALICE, *très surprise et empressée*

Madame se trouve mal !...

LALOUETTE, *l'arrêtant.*

Non ! non ! non ! ne faites aucune attention à cela. C'est un tic nerveux ; dès qu'elle est assise, elle s'assoupit et fait ce mouvement. Elle rêve... il lui semble toujours qu'elle se trouve à cheval.

ALICE, *riant.*

Ah ! c'est très bizarre !...

LALOUETTE

Madame est Miss Betsy Walson, écuyère-étoile du Nouveau Cirque de Paris, et des cirques de Londres, de New-York, de Chicago et de tous les les principaux hippodromes des Deux-Mondes ! Je l'ai épousée il y a deux ans... après l'incendie de mon cirque... J'adore Betsy !... Mais, le temps passe très rapidement et je voudrais prendre l'express de midi 36' pour rentrer à Paris !

BETSY, *reprise par son tic.*

Hop !... hop !.., hop !...

LALOUETTE, *au public.*

Il faut que je retrouve mon individu... je ne suis pas sûr que ce soit le bijoutier d'ici... il est donc nécessaire que je voie tous les joailliers de la ville. (*A Alice.*) Mademoiselle, combien y a-t-il de bijoutiers à Orléans ?

ALICE

Dix-huit !

LALOUETTE, *faisant une tête.*

Dix-huit courses !... enfin je prendrai un fiacre à l'heure... Vous m'excuserez, je suis obligé de faire quelques visites à la hâte... Mais, je vais revenir. Comme le cahotement de la voiture fatiguerait inutilement Bijotte, — Bijotte, c'est le nom que je lui donne dans l'intimité, — je la laisse ici.

ALICE

Très bien, monsieur !

LALOUETTE *très pressé.*

A tout à l'heure, mademoiselle, à tout à l'heure ! (*Remontant, au public, regardant sa montre.*) Dix-huit courses !... et j'ai à peine vingt minutes !...

BETSY, *a le tic pendant qu'il remonte.*

Hop !... hop !... hop !...
(*Lalouette sort rapidement par le fond.*)

ALICE, *se roulant, au public.*

Eh bien, vrai, en voilà des types !

SCÈNE XI

Cascadin, Betsy, Alice.

CASCADIN, *rentrant au fond ; au public.*

Ce Monsieur que je viens d'apercevoir s'élançant dans un fiacre... où ai-je vu cette figure ? (*A Alice*). Madame n'est pas là ?...

ALICE

Non, Madame est allée en ville. Mais il est venu un monsieur qui a beaucoup insisté pour vous voir... d'ailleurs, voici sa femme.

CASCADIN, *saisi, voyant Betsy.*

La dame du buffet ! Ça y est ! Elle a reçu le coup de foudre !

ALICE, *surprise, au public.*

Qu'a donc monsieur Cascadin ?

CASCADIN, *à Alice.*

C'est bien ; laissez-moi seul avec cette dame.

ALICE

Bien, Monsieur ! (*Elle sort à droite en riant*).

SCÈNE XII

Cascadin, Betsy.

BETSY, *reprise par son tic.*

Hop !... hop !... hop !...

CASCADIN, *ahuri, au public.*

Hein ?... déjà !... mon regard !... hop ! hop ! hop !... Cette femme est folle de moi ! (*Haut, à Betsy*). Madame... croyez que je suis très heureux de la circonstance...

BETSY, *se réveillant.*

Oh ! pardon !... je m'étais endormie... (*Reconnaissant Cascadin et se levant*). Vous, Monsieur, ici ! Mais si monsieur Lalouette, mon mari, vous trouve, il vous tuera ! ..

CASCADIN

Me tuer, moi ?

BETSY

Mon mari est venu dans cette intention à Orléans !

CASCADIN

Il est charmant, votre mari !

BETSY

Oh ! il est jaloux, jaloux, jaloux !... Il a déjà eu de nombreux duels à cause de moi... il est absolument insupportable .. Ah ! si j'avais su cela, certes, je n'aurais jamais épousé un homme pareil !

CASCADIN

Vous devez être très malheureuse !...

BETSY

Oh ! oui !... Figurez-vous qu'il veut à tout prix vous rendre le bijou que vous m'avez offert !... au bout d'une épée !...

CASCADIN

Je suis un homme du monde et je ne reprends pas ce que j'ai été trop heureux d'offrir à une jeune et très jolie femme...

BETSY

Mais, mon mari vous y obligera... et vous tuera ensuite !

CASCADIN

Il a une assez drôle de façon de savoir vivre... en supprimant les autres !

BETSY

Vous voilà prévenu, cher monsieur...

CASCADIN

Vous êtes si captivante... si emballante... que rien ne m'empêchera de vous dire que je vous trouve jolie, jolie, jolie. .

BETSY

Mais monsieur !...

CASCADIN

Et que m'importe ce qu'il peut advenir puisque je vous adore !...

BETSY

Monsieur !... monsieur !...

CASCADIN

Je ne me suis jamais battu en duel — surtout pour les femmes, croyez-le, mais je sens que, sous l'influence de votre regard, j'homiciderai tous mes rivaux... et votre mari avec !...

BETSY

Oh ! monsieur, j'admire votre bravoure !... J'aime les hommes courageux et intrépides ; les acrobates, les lutteurs, les militaires !... et les hommes du monde tels que vous !

CASCADIN

On m'appelle Agamemnon ou Ernest, à votre choix !

BETSY

Oh ! Agamemnon '... ce nom me plaît !... Et moi, Betsy... dans l'intimité, Bijotte.

CASCADIN

Bijotte, Bijotte, Bijotte... comment vous prouver ma reconnaissance !... (*Au public*) Suzanne est en ville, l'occasion est unique, profitons-en ! (*Haut*) Ah ! Bijotte, que je vous aime, que je t'aime ! (*Il l'embrasse plusieurs fois*) Oh ! je flambe ! je flambe ! Viens avec moi ! (*Il l'entraîne*).

BETSY

Où donc ?...

CASCADIN

Au paradis ! (*Ils sortent à gauche.*)

SCÈNE XIII

Suzanne, Lalouette.

SUZANNE, *revenant.*

Monsieur Cascadin ne va pas tarder, sans doute, à arriver (*Elle va déposer les écrins qui lui restent. Après un temps*) J'ai réfléchi, il doit être marié... oui, mais comment le savoir ?

LALOUETTE, *dehors à la cantonade.*

Dans deux secondes nous partons pour la gare !... (*Il entre précipitamment*) J'ai vu tous les bijoutiers... mais je n'ai pas reconnu le séducteur !... (*Voyant Suzanne, saluant*) Madame !... Comment, ma femme n'est pas ici ?

SUZANNE, *étonnée.*

Quelle femme ? Que voulez-vous dire ?

LALOUETTE

Ma femme était restée ici, assise à cette place, pendant que moi... en douze minutes... je visitais tous les bijoutiers d'Orléans !... Où est-elle ?

SUZANNE

Je l'ignore, monsieur ; moi-même j'arrive à l'instant...

LALOUETTE, *s'emballant.*

Et monsieur Cascadin... où est-il ?... est-il visible à la fin ?... (*Regardant sa montre*) Je n'ai plus que deux minutes a lui consacrer !

SUZANNE

Monsieur Cascadin est au café de la Préfecture... Que lui voulez-vous ?

LALOUETTE, *prêt à éclater.*

Ce que je lui veux !... ce que je lui veux !... je n'en sais rien moi-même !... je veux le voir d'abord, ensuite le tuer !

SUZANNE, *au public.*

Ah ! mon Dieu ! C'est un fou !...

LALOUETTE

Mais, où est ma femme ?... (*Regardant à nouveau sa montre*) Je n'ai plus que huit secondes pour la retrouver !...

SUZANNE

Mais si vous me disiez ce que vous voulez à monsieur Cascadin... je pourrais peut-être...

LALOUETTE

Non ! il faut que je le voie... il va me faire rater mon express... et, après, je n'ai plus que des trains omnibus pour Paris... jusqu'à huit heures du soir ! .. Si je ne puis me rendre à mon engagement, ça m'est égal... c'est lui qui payera le dédit !... il est de 50.000 francs sans compter les frais de voyages, les frais d'hôtels en supplément... et le fiacre à l'heure! (*Très nerveux, il s'assied*) Voilà un baiser qui va lui coûter cher !

SUZANNE, *surprise.*

Comment ! un baiser ?

LALOUETTE, *se levant*

Oui, il a eu l'audace d'embrasser, ce matin, au buffet, à Paris... ma femme !

SUZANNE

Monsieur Cascadin a embrassé votre femme ?

LALOUETTE

Et cela devant moi, sous mes yeux !...

TOUS LES DEUX, *furieux*.

Oh ! le misérable ! l'infâme ! le polisson !

SUZANNE

... Le lâche ! le lâche ! le lâche ! (*De plus en plus nerveuse, elle lance une gifle à Lalouette*).

LALOUETTE, *portant la main à sa joue*.

Oh !

SUZANNE, *interdite*.

... Pardon, Monsieur !... je croyais que c'était Cascadin !...

LALOUETTE

Merci quand même ! Cette gifle n'est pas perdue, je la lui rendrai ! je l'ai empochée, mais je la rembourserai avec les intérêts !

SUZANNE

Lui, faire sa cour à une autre femme !

LALOUETTE

Vous êtes madame Cascadin, sans doute ?

SUZANNE

Si, il y a un doute. Je ne la suis pas encore... malheureusement !

LALOUETTE

Vous voulez dire... heureusement !... car, il n'a pas plus d'une minute à vivre !

SUZANNE

Alors c'est sérieux ! Vous voulez le tuer ?

LALOUETTE

A la seconde !

SUZANNE, *au public*.

Veuve avant de l'épouser !...

LALOUETTE

Il a osé pousser l'impertinence jusqu'à offrir à ma femme une bague en or ! Mais il s'est trompé d'adresse, il a besoin d'une leçon ce vieux marcheur !... et je me charge de la lui donner à l'œil !...

SUZANNE

Comment !... à l'œil ?

LALOUETTE

Oui, la leçon sera pour rien !... et je lui laisserai même un petit souvenir ! Je suis le premier jongleur du monde surnommé l'homme-serpent. A la boxe, d'un coup de poing, j'envoie rouler un homme à vingt-cinq mètres... ou bien, je le colle au plafond !... J'ai eu l'extrême honneur d'être le professeur de boxe de sa gracieuse majesté, la toujours jeune et toujours jolie Victoria !

SCÈNE XIV

LES MÊMES, Cascadin, Betsy, Alice, Renée.

CASCADIN, *revenant avec Betsy*.

Ah ! Bijotte ! Bijotte !

SUZANNE, *les voyant, furieuse*.

Avec une femme ?

LALOUETTE, *s'élançant sur Cascadin*.

Mais, c'est lui, c'est lui .. Cascadin ! Cascadin! Cascadin !!! ah ! c'est toi, Cascadin !

CASCADIN, *ahuri*.

Oh ! pincés !!! (*Lalouette boxe Cascadin, Suzanne aussi.*) A moi !.. Au secours ! au secours!...

LALOUETTE, *il lance une gifle à Cascadin*.

D'abord que je vous rende... la gifle que Madame m'a donnée ! (*Il lui lance une seconde gifle.*) et les intérêts... v'lan

CASCADIN

Merci !... je vous fais grâce du capital !...

LALOUETTE ET SUZANNE

Et, à présent, à nous deux, monsieur !...
(*Ils veulent amener en scène Cascadin. Il leur échappe et sort en courant par le fond.*)

CASCADIN, *au dehors*.

Cocher ! cocher ! à la course !...

LALOUETTE, *se précipitant au fond*.

Arrêtez-le !... Arrêtez-le !... Au voleur !... A l'assassin !... Au voleur !... au voleur !...

SUZANNE *courant derrière Lalouette*.

Je retrouverai Cascadin ! (*Elle sort*).

SCÈNE XV

Betsy, le Jeune Monsieur.

BETSY, *seule*.

Pour un jongleur, mon mari est très à cheval !... Flûte !... S'il n'est pas content... je vais le plaquer ! (*Elle va s'asseoir*) Moi qui devais débuter ce soir au Nouveau-Cirque !... (*Elle s'endort*).

LE JEUNE MONSIEUR, *paraissant au fond et entrant. Voyant de dos Betsy, il s'adresse à elle*.

Pardon ! mademoiselle !... (*Elle ne répond pas*) Mademoiselle !... mademoiselle !...

BETSY, *reprise par son tic.*

Hop !... hop !.. hop !...

LE JEUNE MONSIEUR, *étonné au public.*

Qu'est-ce que c'est que ça ? *(S'adressant à Betsy)* Mademoiselle, je rapporte la bague !...

BETSY, *se réveillant, sursautant.*

Oh ! pardon !... Une bague ? *(Enfilant la bague)* Merci, monsieur !... J'adore les bijoux...

LE JEUNE MONSIEUR, *ahuri, à part.*

Hein ?... comment ? Elle croit que je lui offre la bague ?

BETSY

Monsieur, on n'est pas plus galant !

LE JEUNE MONSIEUR, *interloqué.*

Mais, madame !...

BETSY, *l'interrompant.*

Qu'importent les paroles quand le geste est beau !...

LE JEUNE MONSIEUR, *au public.*

Je suis de la revue !...

BETZY

Ah ! monsieur ! on est bien malheureuse quand on a un mari jaloux comme le mien !...

LE JEUNE MONSIEUR

Vous êtes mariée ?

BETSY

Oui, avec le directeur de la troupe des phoques jongleurs !... quant à moi, je suis écuyère !

LE JEUNE MONSIEUR

Ah ! je m'explique maintenant le hop ! hop ! hop !

BETSY

L'habitude de monter à cheval !...

LE JEUNE MONSIEUR

Puisque votre mari n'est pas là, pourrais-je vous offrir une tasse de thé chez moi ?.. J'habite à deux pas, au coin de la rue...

BETSY

Mais très volontiers !

LE JEUNE MONSIEUR, *lui offrant le bras.*

J'ai un petit appartement très coquet... une exquise garçonnière... on y est très bien... Vous verrez !..

BETSY, *au public.*

J'ai un béguin pour les gens bien élevés. *(Ils disparaissent).*

SCÈNE XVI

Suzanne, Mme Cascadin.

SUZANNE, *revenant vivement.*

Cascadin a sauté dans un fiacre et s'est sauvé poursuivi par Lalouette qui est monté dans un autre fiacre ! Une vraie chasse à l'homme !

Mme CASCADIN, *entrant et lisant au dehors, à haute voix.*

Maison Cascadin .. c'est bien ici !... Entrons !.. *(Elle entre, à Suzanne).* Pardon, Madame. Je voudrais voir monsieur Cascadin ! Où est-il ?

SUZANNE

Oh ! Madame ! il me serait bien difficile de vous le dire !... En ce moment, on pourchasse monsieur Cascadin, en fiacre, dans toutes les rues de la ville!

Mme CASCADIN *effarée.*

Que me dites-vous donc là ?

SUZANNE

Je vous dis que c'est un vieux marcheur ! Ici même, tout à l'heure, il a attenté à la vertu d'une femme !

Mme CASCADIN, *après un temps.*

A qui ai-je le plaisir de parler ?

SUZANNE

L'honneur, Madame ! Je suis la gérante de cette maison,... et bientôt madame Cascadin.

Mme CASCADIN

Comment ? Vous dites ?

SUZANNE

Oui... il me l'avait promis !... Et depuis un an... mais les événements que viennent de se passer...

Mme CASCADIN

Ah ! il nous a bien trompées !

SUZANNE

Comment ! Seriez-vous aussi, une de ses victimes ?

Mme CASCADIN

Oui ! et la plus légitime de toutes : sa femme, madame Cascadin !

SUZANNE, *furieuse*

Marié ? Il est marié !... Alors vous me trompiez avec lui !

Mme CASCADIN, *furieuse*.

Dites-donc, vous, la succursale ! •

SUZANNE

Tâchez de respecter une honnête femme indignement trompée !

Mme CASCADIN, *s'esclaffant*.

Peuh ! ! voilà l'explication du coup de téléphone de Bordeaux. Je vais à l'appareil Une voix de femme demande : (*Imitant une voix très flûtée de femme*)« Allô ! Allô !... Cascadin ! Cascadin ! Dis, mon béguin ? Quand viens-tu à Bordeaux ? Ta petite Loulou s'ennuie ! Je te gobe ! Je te gobe ! Viens, mon chéri ! Si tu ne viens pas tout de suite, je fais des bêtises !... »(*Éclatant*) Et elle m'envoie mille baisers !...

SUZANNE

Elle est raide, celle-là !

Mme CASCADIN, *à Suzanne*.

Qu'est-ce que ça peut vous faire ? (*Au public*) Je demande qui téléphone, on me répond que c'est la gérante de la maison Cascadin !.. et j'apprends que monsieur Cascadin a trois succursales en province : à Orléans, à Toulouse et à Bordeaux.

SUZANNE, *désolée*.

Nous étions encore trompées par deux rivales !

Mme CASCADIN

Ta bouche ! j'ai aussitôt pris le train pour Orléans et me voilà !.. (*Elle met ses deux poings sur ses hanches.*)

SCÈNE XVII

LES MÊMES, Cascadin, Deux Agents

(*Cascadin, entrant. Il est conduit par deux gardiens de la paix. Ses vêtements sont tout déchirés et son chapeau est en accordéon.*)

Mme CASCADIN, *le voyant*.

Cascadin !... (*Elle le frappe avec son ombrelle qui se brise.*) Coquin !.. lâche !... lâche !... lâche !...

SUZANNE, *le frappant également*.

Marié ! Tu es marié ! Tiens ! tiens ! tiens !

LES DEUX AGENTS, *qui reçoivent presque tous les coups, se retirent à droite et à gauche de la scène et se tordent.*

Eh bien, mon colon, qu'est-ce que tu prends ! (*Les femmes redoublent de coups sur Cascadin.*)

CASCADIN

Au secours ! au secours ! au secours ! messieurs les agents !...

1er AGENT

Qu'on nous a dit de vous arrêter, mais pas de vous défendre !

2e AGENT

Ces dames s'y connaissent, comme passage à tabac !...

Mme CASCADIN

Pourquoi l'avez-vous arrêté ?

LES AGENTS

Que l'on criait : « au voleur ! »

Mme CASCADIN, *attrapant son mari par le collet et le jetant sur une chaise.*

Je sais tout ! Tu es le dernier des mufles !

SUZANNE

Les trois succursales : Toulouse, Bordeaux... et Paris... (*Montrant M. Cascadin.*)

CASCADIN, *ahuri*.

Comment ?

Mme CASCADIN

Oui ! un voyage circulaire ! (*Faisant le geste.*)

CASCADIN, *anéanti*.

Mes maisons s'écroulent !

LES AGENTS

La maison s'écroule ? Sauve qui peut ! (*Ils sortent en courant par le fond.*)

CASCADIN, *au public*.

Quel trait de génie ! ils sont partis, je suis sauvé !

SCÈNE XVIII

LES MÊMES, Lalouette, puis le jeune Monsieur et Betsy.

LALOUETTE, *voyant Cascadin*.

Enfin ! je le tiens ! (*Il lui saute à la gorge.*)

Mme CASCADIN, *à Lalouette*.

Mais laissez donc mon mari, monsieur ! Il est exténué !

LALOUETTE, *le lâchant*.

C'est votre mari ? Eh bien, Madame, votre mari est un mufle ! Il a tenté de séduire ma femme en lui offrant un bijou... (*En rendant la bague*) que voici !...

Mme CASCADIN, *prenant la bague et regardant, furieuse, son mari.*

Oh ! misérable ! Tu me fais venir à Orléans pour me couvrir de honte et de ridicule !

CASCADIN

Moi ! Ah ! elle est bonne celle-là !

LALOUETTE

Vous comprendrez , Madame , qu'après une telle action...*(Sortant un revolver de sa poche)* J'ai le droit de venger mon honneur !

Tous, ensemble, poussant un cri d'horreur.

Ah !!!

Mme CASCADIN, *lui arrêtant le bras.*

Ne tirez pas ! ne tirez pas ! Ecoutez mon mari, monsieur !

CASCADIN, *à Lalouette.*

Je vous dois une réparation ? Soit : présentez la note.

LALOUETTE, *tout à coup très calme et faisant le compte minutieusement*

Vous me devez deux premières, Paris-Orléans, aller et retour, un louis de fiacre... et vingt-cinq mille francs de dommages-intérêts à ma femme !...

CASCADIN

Vingt-cinq mille francs de dommages ?... Ça ne vaut pas ça !

LALOUETTE, *furieux et menaçant.*

Monsieur !...

CASCADIN

Additionnez ! additionnez !

LALOUETTE

... Plus cinquante mille francs de dédit au directeur du Music-Hall.. sans compter mes frais d'hôtel... et j'oubliais : un franc cinquante d'oreillers que j'ai dû payer à la compagnie de chemin de fer !... soit un total de soixante-quinze mille cent vingt-et-un francs cinquante.

CASCADIN

C'est pour rien !

LE JEUNE MONSIEUR, *revenant avec Betsy.*

Entrez, Madame !

LALOUETTE, *tendrement à Betsy.*

Ah ! Bijotte, Bijotte, Bijotte !... *(Se ravisant)* D'où viens-tu avec Monsieur ?

LE JEUNE MONSIEUR

Madame s'était égarée en vous cherchant, et je l'ai remise en bonne voie.

LALOUETTE, *serrant la main du jeune monsieur.*

Oh ! merci... Oh ! merci, Monsieur !

Mme CASCADIN, *à son mari.*

Quant à vous, monsieur Cascadin, vous allez lâcher vos succursales, non, vendre vos succursales et lâcher vos demoiselles de magasins. A cette condition, je consens à rentrer avec vous à Paris. Mais à présent je t'aurai à l'œil !

CASCADIN

A l'œil ? c'est dans mes prix !

SUZANNE, *à Cascadin.*

Et moi, alors ! Tu me plaques ?

LE JEUNE MONSIEUR, *à Suzanne.*

Si vous voulez, nous ferons la fête ensemble ! *(Monsieur et madame Cascadin remontent).*

LALOUETTE, *s'élançant sur Cascadin.*

Pardon, monsieur !... Et mon argent ?

CASCADIN

Vous, je vous ferai un chèque sur la maison Cascadin et Cie !.

RIDEAU

Vannes. — Imprimerie LAFOLYE, 2, place des Lices.

AUTEURS	TITRES DES ŒUVRES	Hommes	Femmes	Prix nets
Soulié	Fiancés du bonnet de coton (Les)	1	1	5 »
L. Vasseur	Fichue idée d	2		5 »
Brigliane-Talber	Fichue situation d	troupe	»	loc.
Liouville	Fièvre phylloxérique (La)	3	2	4 »
Berthe	Fille du charpentier (La)	3	1	5 »
Lebreton-Moreau	Fille du marin (La) d	8	7	loc.
Lebreton-Soudant	Filles de la Cantinière (Les) d	troupe	»	loc.
Lebreton-Moreau	Fils à Papa (Le) d	troupe	»	loc.
Chaulieu et Bataille	Fils de M. Alphonse (Le) (vaud.) d	troupe	»	loc.
Duroc-Mailfait	Five O'Clock de la Baronne	7	2	loc.
Villebichot	Fleuriste et typographe	1	1	5 »
Lebreton-Talber	Foire aux nichons (La) d	7	7	loc.
Pradels-Quinel	Fosse aux ours (La)	troupe	»	loc.
Divers	Françoise les bas bleus d	troupe	»	loc.
Lebreton-Beissier	Frangine (La) d	troupe	»	loc.
Divers	Fantrognon d	8	11	loc.
Lebreton-Moreau	Frère de lait (Le)	1	1	4 »
Carin-Tomy	Friper's and Co d	troupe	»	loc.
Lebreton-Moreau	Friquet d	9	7	loc.
Cieutat	Furet (Le)	»	1	4 »
Moreau-Touzé	Gai gai mariez-vous !	4	3	loc.
Divers	Gavroche et Loup de mer	1	1	loc.
Froyez-Colias	Grand Duc Moleskine (Le)	6	6	loc.
Lefort	Grand papa de la chanson (Le) d	1	1	3 »
Lebreton-Blairat	Grenouille (La) d	4	2	loc.
Moreau-Marcus	Grève des facteurs (La)	2	9	loc.
M.-Brisac	Guerre aux hommes (La) d	6	7	loc.
Lebreton-Nicolaï	Gueule d'Or d	6	6	loc.
Lebreton-Moreau	Héritière de Carapattas (L') d	8	8	loc.
Villebichot	Hirondelles de la rue (Les)	»	2	3 »
Lebreton-Blairat	Homme pâle (L') d	4	2	loc.
Lebreton-Duroc	Hôtel d'Artistes d	troupe	»	loc.
Lebreton-Duroc	Hôtel de Noblepanne d	4	4	loc.
Darantière et Bouvet	Hôtel du lac bleu (L') d	7	6	loc.
Dourel-Jost	Hôtel modèle d	7	7	loc.
Antigeon-Dourel	Hypnotiseur malgré lui (L') d	3	2	loc.
Moniot	Jacotte	1	1	5 »
Liger-Aubrun	J'ai perdu Virginie	3	1	loc.
Nargeot	Jeanne, Jeannette et Jeanneton d	2	3	8 »
Michiels	Jefque et Trinne	1	1	4 »
Lebreton-Soudan	J'épouse ma bonne d	5	4	loc.
A. Perronnet	Je reviens de Compiègne	»	1	4 »
Bernicat	Jeunesse de Béranger d	3	1	6 »
Lebreton-Moreau	Jocrisses du mariage (Les) d	troupe	»	loc.
B. Lebreton	Joies du divorce (Les) d	troupe	7	loc.
L. Collin	Journée aux soufflets (La)	1	1	4 »
Herpin	Ki-Ki-Ri-Ki d	troupe	»	loc.
Robillard	La vengeance de Ramoli	2	1	4 »
Desormes	Leçon de musique (La)	1	1	4 »
J. Clérice	Léda d	troupe	»	loc.
Cazaneuve	Loi du pal (La) d	troupe	»	5 »
Herpin	Lune de Miel (La) d	4	1	loc.
Moreau-Gramet	Ma Colonelle	2	2	loc.
Clairville fils	Madame la baronne d	1	1	4 »
Wachs	Madame le docteur	2	1	4 »
V. Roger	Mademoiselle Louloute	2	2	5 »
Bessière-Marinier	Maire et Martyr d	3	2	loc.
Talexy	Maître Grelot	3	2	7 »
Bouvet	Major Purjotin (Le)	4	3	loc.
Moyne-Jacoutot	Mamzelle Claudinette d	3	2	loc.
T'ar Nemw Celval	Mamzelle Culot	troupe	»	loc.
De Lajarte	Mam'zelle Pénélope d	3	1	7 »
Fransois	Mandat (Le) d	troupe	»	lo .
Jouhaud	Mariages riches	1	1	3 »
Moniot	Marianne et Jeannot d	1	2	8 »
Tollet	Marié sans l'être	4	»	3 »
Moreau-Duroc	Maris jaloux (Les)	5	2	10
Simiot	Mariés de Nanterre (Les)	1	2	4 »
Gresset-Bernard	Méfiez-vous d'Oscar d	2	2	loc.
E. André	Melon (Le) (monologue saynète)	1	»	2 »
Moreau	Ménage Poire	troupe	»	loc.
Desormes	Menu de Georgette (Le)	9	2	8 »
Ch. Gabet	Mérite des femmes (Le) d	4	4	loc.
Moreau-Boucherat	Médjidié (Le)	2	2	loc.
Soudant	Mimi Vadrouille	troupe	»	
Lebreton-Moreau	Miss Kissmy d	5	5	loc.
Beissier	Miss Million d	troupe	»	loc.
Bessier-Moreau	Môme aux Camélias (La) d	troupe	»	loc.
Bessière-Ruffier	Môme aux grands yeux (La) d	8	6	loc.
Chassaigne	Monsieur Auguste d	1	1	3 »
Garnier-Vallès	Monsieur ma belle-mère	2	3	loc.
Lebreton-Moreau	Monsieur Sans Gêne d	troupe	»	loc.
Blairat-Neuzillet	Mouche (La) d	troupe	»	loc.
Moreau-Touzé	Mouche du Coche (La)	4	2	loc.
Joly	Myope et presbyte d	1	1	4 »

AUTEURS	TITRES DES ŒUVRES	Hommes	Femmes	Prix net
Desormes	Nègre de la Porte St-Denis (Le)	3	3	3
E. Lhuillier	Nez enchanté (Le)	1	1	3 »
Dorfeuil-Moreau	Le Nez de Cyrano d	troupe	»	loc.
Herpin	Noce à Grospoulot (La)	5	7	loc.
F. Barbier	Noce à Suzon (La)	1	1	4 »
L. Collin	Noces d'or (Les)	2	1	5 »
Moreau-Gramet	Nos petites Chattes	3	5	loc.
Dorfeuil-Guillemaud-Duharnois	Nos pioupious d	troupe	»	loc.
Lebreton-Moreau	Nos voisins d	6	6	loc.
V. Roger	Nourrice de Montfermeil (La)	2	3	6 »
Ch. Gabet	Nouvel Achille (Le) (vaud.) d	3	1	loc.
Touzé Prud'homme	Nuit de Noces de Beauflanchet	6	1	loc.
Jacobi	Nuit du 15 octobre (La) d	3	4	6 »
Dédé fils	Oncle et Neveu	3	»	3 »
Louis Bouvet	Oncle Maboulin (L')	4	4	loc.
Bessière-Ruffier	Ordonnance Bezuchet (L') d	troupe	»	loc.
Berthelot Roland	Othello chez Thaïs d	3	5	loc.
Dufils	Paille et la Poutre (La)	»	2	6 »
Billemont	Pantalon de Casimir (Le)	1	1	6 »
A. Petit	Par autorité de Justice d	5	3	loc.
Dorfeuil-Moreau-Dédé	Paris aux Courses d	8	8	loc.
F. Barbier	Par la fenêtre	1	1	4 »
J. Walter	Par la Gymnastique d	2	1	loc.
Henry Moreau	Partie de Campagne d	troupe	»	loc.
Ed. Lhuillier	Pasquinette	1	1	3 »
Bénédite-Jaucourt	Le pays Vierge d	troupe	»	loc.
Perrault-Maty	Perruche de ma femme (La) d	4	3	loc.
Tréblat-St-Cyr	Personne (drame en 5 minutes)	2	1	1 »
L. Collin	Petit Spahi (Le)	3	3	5 »
Lebreton-Moreau	Petite baronne (La) d	troupe	»	loc.
Linas	P'tite bête vit encore (La) d	1	1	4 »
Lebreton-Moreau	Petite colonelle (La) d	8	3	loc.
id.	Petites Menichons (Les) d	troupe	»	loc.
A. Petit	Petits lapins (Les) d	troupe	»	loc.
Maurey et Jimbu	Petits Trottins (Les) d	5	6	loc.
J. Clérice	Phrynette d	troupe	»	loc.
A. Alavoine	Plumechat et Cie d	4	6	loc.
F. Barbier	Points jaunes (Les)	1	1	5 »
Cinoh-Verdellet	Pompier d'Endoume (Le)	5	2	loc.
Gresset-Bernard-Letorey	Pompier d'Ernestine (Le) d	2	2	loc.
Autigeon-Dourel	Poste restante 222 d	4	3	loc.
F. Barbier	Poupée automate (La)	1	1	4 »
Fay	Pour qui le gosse ?	2	3	loc.
A. Lambert	Première brouille (La) comédie	»	1	1 »
F. Barbier	Premières armes de Parny (Les)	1	3	5 »
Moreau	Professeur de chant (Le)	1	1	3 »
De Ste-Croix	Pygmalion d	1	2	6 »
Garnier-Héros	Queue du Diable (La) d	troupe	»	loc.
Delilia-Héros	Qui va à la Chasse	2	2	loc.
L. Collin	Qui se dispute s'adore	1	1	4 »
Villebichot	Réponse du Berger (La)	1	1	4 »
Jacoutot	Retour de Kerdrec (Le)	troupe	»	4
Meugé	Retour de Margotte (Le)	1	1	4 »
Roques	Retour de Mars (Le)	1	2	4 »
L. Collin	Retour de Musette (Le)	1	1	4 »
Autigeon-Dourel	Revanche de Verluisant (La) d	5	2	loc.
Ch. Thony	Robes et Manteaux d	5	4	loc.
F. Chaudoir	Roi Claquette (Le) d	3	3	6 »
Briollet-Yvel	Roi koku (Le) d	troupe	»	loc.
Desormes	Roland furieux	3	1	5 »
L. Desormes	Romance impossible (La)	2	»	2 »
Ch. Gabet	Rosière de Valentino (La) d	3	1	loc.
Michiels	Rosière d'Interlaken (La)	1	1	4 »
Ch. Gabet	Ruy Black (v.) d	troupe	»	loc.
Claments	Saint-Yvon (La) d	2	1	5 »
Ch. Lecocq	Sauvons la caisse d	1	1	6 »
Marat-Febvre-Bonamy	Septième Escouade (La) d	9	7	loc.
R. Planquette	Serment de Mme Grégoire (Le)	1	1	8 »
Lebreton-Soudan	Serment du marin (Le) d	4	2	loc.
Lebreton-Moreau	Signe de Léda (Le) d	troupe	»	loc.
Ouvier	Simone et Boquillon	2	1	5 »
Lebreton-Duroc	Soir de Noce d	4	4	5 »
Mailfait	Soirée bourgeoise	2	2	loc.
Leserre	Soirée d'amateurs ... pochade	5	»	1 »
Lebreton-Moreau	Soldat !	troupe	»	loc.
Gresset	Souffleur par amour d	3	1	loc.
Meyan	Soupirs du cœur	2	3	5
Ch. Malo	Souviens-toi de Clémentine	2	1	
Moreau-Darsay	Spiritisme des Familles	4	4	
Tac-Coen	Suzette, Suzanne et Suzon	1	3	loc.
Wachs	Tata chez Toto	2	1	4 »
Lempereur et Pimard	Témoin (Le)	3	1	loc.
Chassaigne	Toc	2	2	4 »

Livrets d'opéras et opéras-comiques, net : 2 fr. — Livrets d'opérettes, net : 1 franc.

Pour la location de l'orchestre ou l'abonnement, s'adresser à l'Éditeur

AUTEURS	TITRES DES ŒUVRES	Hommes	Femmes	Prix net	AUTEURS	TITRES DES ŒUVRES	Hommes	Femmes	Prix net
Hervé	Toinette et son carabinier	2	1	5 »	Jouhaud	Une femme du quart du monde	2	»	4 »
Bessier-de Gorsse	Tonton d	3	3	6 »	Villebichot	Une femme qui bégaie d	3	»	6 »
Wachs	Totor et Titine	2	1	loc	L. Roques	Une femme tombée du Ciel	1	1	5 »
Hubans	Tour de Moulinet (Le) d	2	1	4 »	Villebichot	Une fille à trucs	3	1	4 »
Cartier	Train des Maris (Le)	2	1	8 »	Liouville	Une fille en loterie	2	»	4 »
Moreau-Duroc	Tranquil'hôtel	5	4	4 »	Touzé-Monjardin	Une intrigue chez les Mouchamiel	2	»	loc.
Moreau-Darsay	Trente mille francs par an	2	2	loc.	Desormes	Une lune de miel normande	1	1	4 »
Ch. Gabet	Trésor des Dames d	troupe	»	loc.	L. Collin	Une mariée sans mari	1	»	4 »
Lebreton-Moreau	Treize jours d'un Parisien (Les) d	troupe	»	loc.	Éd. Lhuillier	Une marine à vapeur	1	8	3 »
id	Treizième spahis (Le) d	troupe	»	loc.	Desormes	Une mauvaise connaissance	3	»	5 »
id	Trio de troupiers d	troupe	»	loc.	Moreau-Darsay	Une mauvaise nuit	2	2	loc.
Lebreton-Téramond	Trois Gosses (Les)	4	4	loc.	Ch. Gabet	Une nourrice sur lieu d	2	4	loc.
Lebreton-Moreau	Trois Maçons (Les) d	4	2	loc.	Moreau-Dorfeuil	Une nuit de Paris d	troupe	8	loc.
Lambert-Lebreton	Truc du Pharmacien (Le)	4	1	loc.	Duhem	Une partie à Robinson	2	»	4 »
L. David	Tu l'as voulu d	3	1	5 »	Wachs	Une pleine eau à Chatou	2	»	4 »
Héros Jost	Tziganie dans les Ménages (La) d	troupe	»	loc.	Bernicat	Une poule mouillée	1	1	4 »
Javelot	Un amour d'épicier	2	1	4 »	De Paniagua	Une sale Histoire d	2	2	loc.
P. Henrion	Un charcutier dans les fers	1	1	4 »	Chassaigne	Une table de café	2	»	4 »
Chassaigne	Un Coq en jupons	1	1	4 »	Robillard	Une tempête conjugale	1	»	4 »
Banès	Un do malade	2	1	5 »	Liger-Aubrun	Urticaire (L')	4	1	loc.
Wachs	Un domestique pour rire	1	1	4 »	R. Planquette	Valet de cœur	1	1	4 »
Moreau-Gramet	Un dragon pour deux	3	2	1 »	J. Walter	Végétariens (Les) d	troupe	1	loc.
G. Laurens	Un futur sur le gril	2	1	4 »	Robillard	Vengeance de Ramolli (La)	2	2	4 »
Ch. Malo	Un gendre à poigne	2	2	5 »	L. Roques	Vénus infidèle (retour de mars) d	1	2	4 »
Pericaud	Un hercule qui ne veut pas se rouiller	2	1	4 »	Moreau-Boucherat	Vert galant	6	1	loc.
Cambillard	Un mariage à la force du poignet	1	1	3 »	Lebreton-Moreau	Vierges du chahut (Les) d	troupe	1	loc.
Ch. Malo	Un mariage au flageolet	1	1	4 »	Desgranges	Vieux Sorcier d	3	3	loc
Dauphin	Un mariage en Chine d	4	1	6 »	Burani-Planquette	Vingt-huit jours de Champignolette d	6	1	loc.
Bernicat	Un mari à l'essai	1	1	4 »	Ratcée-Corbeau	Vive la Classe d	7	8	loc.
Pericaud	Un mari en grande vitesse	3	1	4 »	Norman-Vallès	Vive les Bleus	7	4	loc.
L. Collin	Un mauvais conscrit	2	»	4 »	Chaudoir	Voilettes magiques (Les)	1	1	5 »
Chassaigne	Un 1er jour de ménage	1	1	4 »	Lebreton-Moreau	Vocation d'Isoline (La)	1	2	4 »
F. Barbier	Un souper chez Mlle Contat	»	2	5 »	Jacobi	Voilà l'plaisir, mesdames	2	2	4 »
Bernicat	Une aventure de la Clairon	2	2	6 »	Ch. Hubans	Voiture à vendre d	2	4	loc.
Lebreton-Blairet	Une Consultation d	4	3	loc.	Lebreton-Moreau	Volontaire de 92 (Le) d	troupe	4	4 »
Garnier-Vallès	Une Corbeille de Noce	5	3	loc.	Tac-Coen	Volontaire et vivandière	1	2	1 »
E. André	Une drôle de Marquise	2	1	3 »	P. Talber	Volupté des dames (La)	4	3	loc.
Claments	Une étoile d'antichambre d	2	1	5 »					

Livrets d'opérettes et de vaudevilles, net : 1 franc.

Pour la location de l'orchestre ou l'abonnement, s'adresser à l'Éditeur.

POUR LES GRANDS OUVRAGES DU RÉPERTOIRE

CONSULTER LE CATALOGUE SPÉCIAL DES

OUVRAGES DE THÉATRE

QUI EST ENVOYÉ FRANCO SUR DEMANDE

MM. les Directeurs sont priés de s'adresser à l'Éditeur pour le conducteur et les parties d'orchestre ainsi que pour le service des pièces nouvelles.

Des envois de livrets à choisir sont faits sur demande en port dû aller et retour.

Vannes. — Imp. Lafolye. — 797-1900.

www.ingramcontent.com/pod-product-compliance
Ingram Content Group UK Ltd.
Pitfield, Milton Keynes, MK11 3LW, UK
UKHW022251070726
13613UKWH00005B/2231